Rüdiger Schneider

Wilde Feigen

Personen und Handlung sind frei
erfunden, Ähnlichkeiten oder gar
Übereinstimmungen mit Namen rein
zufällig.

Rüdiger Schneider

Wilde Feigen

Erzählung

Bibliografische Information der Deutschen Nationalbibliothek: Die Deutsche Nationalbibliothek verzeichnet diese Publikation in der Deutschen Nationalbibliografie; detaillierte bibliografische Daten sind im Internet über http://dnb.d-nb.de abrufbar.

Herstellung und Verlag: BoD - Books on Demand, Norderstedt

ISBN: 9783758365966

1

Als Werbefotograf war ich viel in der Welt herumgekommen. Um einige der bedeutendsten Auftraggeber zu nennen: für `Marlboro´ in den Rocky Mountains, für `Camel´ in der Sahara, für `Tchibo´ in den Kaffeeplantagen Kolumbiens, für `Quantas´ in Australien, für einen neuen Mercedes-Geländewagen in den Sümpfen Kambodschas, für eine bekannte Modemarke bei den goldenen Buddhas auf Sri Lanka. Hinzu kamen Aufnahmen für Reise- und auch Modekataloge. Ich setzte auf Kunst und Qualität, verachtete die digitale Fotografie, die mir inflationär vorkam. Man konnte, ohne dass Kosten entstanden, beliebig viele Bilder produzieren, in der Regel rasch mit dem Handy, was zur Sorglosigkeit verführte. Eine wilde, unüberlegte Knipserei. Ich dagegen arbeitete analog mit einer Leica-Spiegelreflex, komponierte von oben durch den Schacht blickend das Motiv. Den großformatigen Diafilm in der Kamera hielt ich gegenüber dem Chip für überlegen. Es war etwas anderes, ob das Licht auf eine Minizelle traf oder eben auf eine erheblich größere Fläche. Und vor allem ging es auch durch das Portal einer erstklassigen Linse. Natürlich entwickelte ich die Filme selbst, sah zu, wie sich im Rotlicht der Dunkelkammer die Konturen herausschälten. Die Aufnahmen bearbeitete ich niemals mit einem Fotoprogramm, damit, wie ich es nannte, die `Beauty of Imperfection´ erhalten blieb. Meine Auftraggeber zahlten gut. Qualität und Kreativität haben ihren Preis. Und so war ich in all den Jahren zu einem hübschen Vermögen gekommen, hatte mir jetzt, mit 58 Jahren, in einem Eifeldorf einen Bauernhof gekauft, um mich zur Ruhe zu setzen. Vor der Ehe habe ich mich gescheut. Meine Beziehungen, was auch an dem ständigen Unterwegssein lag, haben nie länger als ein halbes Jahr gedauert. Gescheitert waren sie auch an Eifersucht, denn ich verhehlte nicht, bei meinen Reisen Affären gehabt zu haben. Insbesondere hatte ich einen nahezu unwiderstehlichen Drang zu exotischen Frauen. Das konnte eine Indianerin in Peru sein, eine schwarze Äthiopierin oder eine vietnamesische Katze. Versagt geblieben war mir dagegen die geheimnisvolle, verschleierte Erotik der Beduininnen, bei denen man nur die großen Augen sah und sich alles andere, was unter schimmender Seide verborgen lag, erträumen konnte. Vor allem die sternenflimmernden Nächte in der Sahara, wo ich das Firmament `Gottes Zelt´ nannte, waren unvergessen.

Die ersten Monate auf dem Bauernhof hatte ich mit allerlei Reparatur- und Renovierungsarbeiten verbracht, mir auch überlegt, einen Hund, Hühner und einen Esel anzuschaffen, unterließ es aber in einer vorausschauenden Ahnung. Denn das Leben allein auf dem Hof war nicht erfüllend, und ich bereute es schon, mich so früh zurückgezogen zu haben. Eigentlich war ich auf dem Hof isoliert. Da half auch die dumpfe Dorfkneipe nicht. Ich war einer fixen Idee gefolgt und drohte ins Grübeln und in eine Depression zu rutschen, wozu auch die Fernsehnachrichten beitrugen. Einer unseligen Mentalität folgend, befleißigte man sich im deutschen Land, von Krise zu Krise zu eilen. Fast war ich so weit, mir schon am frühen Morgen das Whiskyglas zu füllen. Meine Tabakpfeife stopfte ich unentwegt und hatte sie den ganzen Tag zwischen den Lippen wie ein Baby seinen Schnuller.

Im April hatte ich den Hof gekauft. Anfang November stand ich sinnend vor der Scheune, begutachtete das Dach, auf dem ein paar Schindeln fehlten, und überlegte mir, die erkaltete Pfeife im Mundwinkel, ob ich das überhaupt noch reparieren sollte.

Die Integration in ein ländliches Leben war schwieriger als ich gedacht hatte. Und das deutsche Wetter in diesem November – wie überhaupt immer im November - war alles andere als von südlicher Heiterkeit geprägt. Der Deutsche hockte dann bevorzugt drinnen. Manche vielleicht vor dem Kamin. Die meisten aber vor der Glotze. Mir per Internet weibliche Gesellschaft zu suchen, dazu hatte ich keine Lust. Und für den Rückzug ins Altersheim war es noch zu früh. Ich verbrachte meine Zeit mit Bücher lesen, kleineren Reparaturen an Haus und Hof. Auf einer Wiese, die zum Anwesen gehörten, standen eine paar wilde Apfel- und Birnbäume. Ich erntete die Äpfel und Birnen. Aber nicht, um sie zu essen. Ich unterwarf sie der alkoholischen Gärung, schaffte mir eine Destillationsapparatur an und las mich in dieses chemische Spezialgebiet ein. Auf dem Thermometer der Kühlbrücke beobachtete ich die Temperatur, verwarf die erste Fraktion mit dem niedrigen Siedepunkt, weil es sich um giftigen Methylalkohol handeln konnte. Ich experimentierte auch mit dem Aroma, gab zum Beispiel Zimtstangen hinzu. Das machte zwar Spaß, war aber kein Ersatz für eine Frau.

Überrascht und zugleich froh war ich, als eines Morgens ein Anruf kam und jemand mit einem unüberhörbaren amerikanischen Akzent fragte: "Mr. Krüger?"

"Ja", sagte ich. "Jan Krüger selbst am Apparat."

"Oh, well, gut! Ich bin William Jones von Philip Morris. Mr. Krüger, es geht um eine Image-Broschüre. In Santa Cruz errichten wir eine Fabrik, um den Tabak vor Ort verarbeiten zu können."

"Santa Cruz", fragte ich. "Welches? Da gibt es viele."

"In Brasilien. Im Süden. In der Provinz Rio Grande do Sul. Da haben wir unsere Tabakplantagen. Ich bin dort der Manager. Für die Dauer Ihrer Arbeit könnten Sie auf meinem Anwesen wohnen. Da gibt es zwei Häuser. Wir würden uns freuen, wenn Sie den Auftrag annehmen. Wir schätzen die Qualität Ihrer Fotos. Den Vertrag schicke ich Ihnen zur Unterschrift zu. Sie müssten mir nur Ihre Adresse noch nennen."

"Woher haben Sie eigentlich meine Telefonnummer?" fragte ich.

"Oh, das war nicht schwer. Das Internet vergisst nichts."

Ich unterschrieb den Vertrag, der nur ein paar Tage später eintraf und recht lukrativ war. Erleichtert, ein stilles und trübsinniges Dorf zu verlassen, verpackte ich meine Ausrüstung in die Fototasche, die ich mit an Bord nehmen würde, streichelte dabei meine Leica und sagte: „Lady, es gibt wieder Arbeit."

So kam es, dass ich an einem nebligen und nassen Dezembertag nach Amsterdam fuhr, um mit KLM zunächst nach Rio zu fliegen. Von dort würde es mit dem Flieger weitergehen nach Porto Alegre, wo mich Jones abholte ins 150 Kilometer entfernte nordwestlich liegende Santa Cruz. In Brasilien war ich noch nie gewesen, sah mir Südamerika im Atlas an und stellte fest, dass die Entfernungen riesig waren. Brasilien war fast so groß wie Europa. Da war der Flieger das wichtigste Verkehrsmittel. Wer zum Beispiel von Rio nach Porto Alegre wollte, hatte die Wahl zwischen einer 24stündigen Busreise oder einem etwa zweistündigem Flug mit einer der einheimischen Linien.

2

Der Vertrag war großzügig ausgelegt, sicherte mir zu, mich frei auf den Tabakfeldern und in der Fabrik bewegen zu dürfen. Und großzügig war auch, dass sie mir einen Flug erster Klasse gebucht hatten. Schön fand ich auch das Zugeständnis, vor dem Weiterflug von Rio nach Porto Alegre ein paar Tage in der Stadt am Zuckerhut verweilen zu dürfen. In einem Hotel nur ein paar hundert Meter von der Copacabana entfernt. Ein Zimmer mit Balkon, damit ich meine geliebte Pfeife gemütlich rauchen konnte, ohne dafür nach draußen auf die Straße gehen zu müssen. In den zwei Wochen, die ich noch bis zum Abflug hatte, begann ich mit Hilfe eines Buches `Einstieg ins brasilianische Portugiesisch´ und den zugehörigen CD`s Portugiesisch zu lernen, um wenigstens das Notwendigste sagen zu können. Für kompliziertere Zusammenhänge hatte ich mir einen Translator in Handygröße gekauft. Ich drückte die obere Taste, sprach einen Satz auf Deutsch. Die Übersetzung erschien auf dem Display und wurde dann auch gesprochen. Danach konnte man die untere Taste drücken und seinem Gegenüber das Mikro vorhalten. Jetzt ging die Übersetzung umgekehrt. Vom Portugiesischen ins Deutsche. Zugegeben war es eine etwas verzögerte Kommunikation, aber es half und war besser als ein völliges Verstummen. Ich freute mich auf Rio, hätte gerne auch einen Auftrag von einer Sambaschule gehabt, erinnerte ich mich doch, einmal in der Biographie eines Filmschauspielers gelesen zu haben: „Die Sambaschule ist die Fundgrube der wildesten Brasilianerinnen."

Das Grübeln, dem ich mehr und mehr verfallen war, dieses Nachdenken über den Sinn des Lebens, also über die eschatologischen Fragen des ´Woher´ und ´Wohin´ - was ich sowieso nicht hätte beantworten können – war verschwunden. Die Gegenwart hatte mich wieder. Vor Freude und Dankbarkeit suchte ich die kleine Dorfkirche auf und zündete am Marienaltar eine Kerze an. Ich bin nicht besonders fromm, weiß nicht, ob die Bibel ein Märchenbuch ist oder eine tiefe

Wahrheit enthält. Aber dieses Entzünden der Kerze und ein Dankgebet an Maria erfüllte mich mit einem inneren Frieden. Das war ein Brauch, dem ich schon öfter gefolgt war. Besonders in romanischen Kirchen.

Jones war mit einer Brasilianerin verheiratet, hatte sich in Brasilien für immer niedergelassen, seine Frau hieß Miriam Ferreira Jones. In ganz Südamerika musste bei einer Heirat die Frau ihren eigenen Familiennamen beibehalten. Ich telefonierte einige Male mit William Jones und gab ihm schließlich das Datum meiner Ankunft in Porto Alegre an. Aber zunächst einmal ein paar Tage Rio. Der Abflug von Amsterdam war am 10. Dezember, einem Sonntag. Pünktlich um 9.50 Uhr hob der Airbus ab. Der Flug erster Klasse war angenehm. Ich hatte eine Stewardess fast für mich alleine. Brasilien lag vier Stunden hinter der deutschen Zeitrechnung. Am frühen Abend landete ich nach einem ruhigen 12stündigem Flug in Rio de Janeiro.

3

Dass Sambaschulen eine Fundgrube für wilde Brasilianerinnen sein sollen, mag ein Märchen, ein Mythos sein. Ähnlich den Erzählungen der Bountymatrosen über die Frauen der Südsee. Schon der Maler Paul Gauguin hatte sich im 19. Jahrhundert darüber beklagt, auf Tahiti doch nicht das Paradies gefunden zu haben. Er war aus einer Zivilisation geflohen, in der nur noch die Macht des Goldes herrschte. Aber das französische Tahiti war da schon genauso. Ich selbst war vor 20 Jahren dort gewesen. Zu Aufnahmen für ein Modemagazin. Wäre nicht Gabriella aus Italien gewesen, ich hätte die Nächte alleine verbringen müssen und nicht eine der Südseeschönheiten kennengelernt. Der Mythos von dem wilden, indigenen Weib war offensichtlich nichts anderes als eine Männerphantasie, eine Wunschvorstellung. So wird auch in Rio eher der Samba wild sein, aber nicht unbedingt die Frau. Außerdem, schon etwas in die Jahre gekommen, suchte ich so etwas gar nicht. Meine Sehnsucht ging eher dahin, eine Gefährtin zu finden, um nicht auf dem elenden Bauernhof alleine zu versauern. In

Deutschland kam ich am besten noch klar mit Esoterikerinnen, die Zwerge und Elfen sahen und sich für Cleopatras Wiedergeburt hielten. Das hatte etwas erfrischend Verrücktes in einer Welt, die nur noch rational und säkular durchorganisiert war. Ich selbst sah keine Zwerge und Elfen, hielt mich aber zurück, solchen Visionen zu widersprechen, da ich der Überzeugung war, dass es noch viele unentdeckte Geheimnisse gab. Den Esoterikerinnen gegenüber verhielt ich mich diplomatisch klug. Fragte man mich zum Beispiel, ob ich daran glauben würde, dass in China ein Sack Reis umfällt, wenn in Deutschland ein Schmetterling stirbt, so antwortete ich: "Einen direkten Zusammenhang sehe ich nicht. Aber es ist eine schöne Aussage über eine tief verwobene Kausalität." Damit vermied ich Streit und unnötige Diskussionen. Tatsächlich dachte ich auch an das seltsame Phänomen der Jungschen Koinzidenz, die der Schweizer Psychiater entdeckt und beschrieben hatte. Eine Patientin erzählt ihm, sie hätte in der Nacht von einem goldenen Scarabäuskäfer geträumt. Und genau in diesem Moment knallt ein goldglänzender Käfer gegen die

Fensterscheibe der Praxis. Zufall? Ein recht merkwürdiger. Ich selbst musste zugeben, schon einige Déjà-vu-Erlebnisse gehabt zu haben. "Verdammt!" dachte ich dann. "Hier bist du noch nie gewesen, aber du kennst den Ort." Also war ich vorsichtig gegenüber den erfrischend verrückten Esoterikerinnen und hielt mich lieber an den Satz des Sokrates: "Ich weiß, dass ich nichts weiß." Gelegentlich stimmte ich diesen Frauen auch zu. Behauptete eine etwa, vor dreitausend Jahren Erotik-Priesterin in einem ägyptischen Tempel gewesen zu sein, so nickte ich nur stumm und dachte: "Dann bin ich jetzt ja richtig und überprüfe das gerne."

Also: Bei der Landung in Rio hatte ich keine große Hoffnung auf wilde Abenteuer und suchte das auch gar nicht. Im Portugiesischen kannte ich das schöne Wort `saudade´, die Umarmung der Sehnsucht. Meine Sehnsucht ging in eine ganz andere Richtung. Nicht nach wilden Abenteuern, sondern nach einer warmherzigen, harmonischen und stabilen Verbindung.

4

Man kann sich kaum einen größeren Kontrast vorstellen, als wenn man von einem nasskalten, nebligen Eifeldorf in das muntere, quirlige, warmheiße Rio kommt. Am späten Abend saß ich bei einem kalten `Eisenbahnbier´ - die Marke kannte ich noch nicht – auf dem Balkon des `Copa do Sul´, nuckelte an meiner Pfeife und sah auf den Straßenverkehr. Auf den Bürgersteigen flanierten ab und zu mit wiegenden Hüften Bikinischönheiten im knapp sitzenden Tanga. Auf der Straße knatterten Motorräder. Manche Autos stießen Dieselwolken aus. Der Klimaschutz war offensichtlich eine typisch deutsche Sorge und Angelegenheit. Rio empfand ich als liberal, lebendig, die Menschen freundlich, lebenslustig, warmherzig. Die deutsche Dumpfheit war mit einem Schlag verschwunden. Am nächsten Tag saß ich bei einem Caipirinha in einem offenen Bistro an der Copacabana, sah in der Ferne den Zuckerhut und auf dem Nachbarfelsen den Christus mit ausgebreiteten Armen, die er schützend über Rio hielt. Ein anstrengendes

Sightseeing ersparte ich mir, blickte lieber von unten auf den, wie er auf Portugiesisch heißt, Pão de Açúcar, statt mit der Seilbahn hochzufahren. Aber an einem der fünf Tage in Rio ließ ich es mir nicht nehmen, mit dem Taxi in das nahe Petropolis zu fahren, um das Stefan Zweig – Haus zu besuchen. Eine unselige Geschichte, die passiert war. Der Dichter Stefan Zweig war vor den Nazis ins brasilianische Exil geflohen. Brasilien mit seinen deutschen Kolonien lag damals als Zufluchtsort nahe. Und dann versenkt im Zweiten Weltkrieg ein idiotischer deutscher U-Boot-Kommandant im Atlantik einen brasilianischen Frachter und zieht damit Brasilien in den Krieg. Vorbei war es zunächst mit der Freundlichkeit gegenüber den Deutschen. Die deutsche Sprache wurde verboten, deutsche Schulen geschlossen. Zweig hatte in dieser Ausweglosigkeit zusammen mit seiner Frau Selbstmord begangen. Bis dahin waren die Beziehungen zwischen Deutschland und Brasilien sehr freundschaftlich gewesen. Selbst der alte Goethe hatte schon gedankliche Brasilienreisen unternommen. Das zeigten seine Brasilienbücher in seiner Bibliothek.

Jetzt, fast achtzig Jahre nach Kriegsende, waren die Beziehungen Gott sei Dank wieder normal geworden. Es gab wieder diese deutschen Kolonien, und nicht selten sprachen Brasilianer von zu Hause aus Deutsch.

In diesen wenigen Tagen verliebte ich mich in Rio und überlegte schon den blöden Bauernhof zu verkaufen und ein Appartement in Rio zu mieten. Aber es gab da ein Hindernis. Man durfte als Ausländer nur drei Monate bleiben und konnte erst nach drei Monaten wieder zurückkommen. Diese Regelung hatten die Brasilianer in einem Revancheakt von den europäischen Schengenstaaten übernommen, nachdem Brasilianer nur drei Monate Aufenthalt gewährt bekamen. Zuvor konnte man nach drei Monaten kurz über die Grenze, flog entweder nach Buenos Aires, Montevideo oder Caracas und kam kurz darauf wieder zurück. So blieb mir also zunächst nur der Traum, das Eifeldorf gegen Rio de Janeiro zu tauschen.

Der Abschied fiel mir schwer. Aber ich musste nach Porto Alegre und weiter nach Santa Cruz zu den Tabakplantagen. Am Morgen des sechsten Tages flog ich mit `Azul´ in das südlich gelegene Porto

Alegre, das vom Namen her `fröhlicher Hafen´ bedeutet.

5

William Jones empfing mich am Ausgang der Ankunftshalle. Er hielt ein Schild hoch. "Welcome Mr. Krüger! Bem-Vindo!" Er begrüßte mich mit einem herzlichen Lächeln und einem festen Händedruck. Aus den Telefongesprächen mit ihm wusste ich, dass er Texaner war und aus Austin stammte. Wie ein typischer Texaner war er hier in Brasilien auch gekleidet. Ein beiger Lederhut mit breiter Krempe und dunkelbraunem Hutband, Jeans, blaukariertes Hemd, taubenblaues Halstuch, hellbraune Stiefel, deren Schaft von den Jeans überdeckt wurde. Unverkennbar war der typisch texanische Akzent. Jones war groß, schlank, etwa 1.90 Meter. Nicht nur wegen der Größe, sondern auch vom Gesicht her erinnerte er mich an John Wayne, insbesondere wenn er einmal etwas skeptisch betrachtete, zum Beispiel eine Frage oder Aussage, die Augen zusammenzog und die Stirn zugleich mit einem leisen, angedeuteten

Lächeln in Falten legte. Während der Fahrt nach Santa Cruz unterhielten wir uns auf Englisch. Mein Portugiesisch – er sprach es perfekt – war noch zu beschränkt.

"Du bringst ein ausgezeichnetes Wetter mit", meinte er lächelnd. "Du weißt sicher schon, dass die Jahreszeiten hier im Süden umgekehrt sind wie bei euch in Deutschland. Wenn ihr Sommer habt, ist hier Winter. Habt ihr Winter, ist hier Sommer."

Ich nickte. Gewusst hatte ich es nicht. Ich hatte mir eingebildet, dass ganz Brasilien tropisch sei. Aber das traf nur auf den Norden zu. Rio war subtropisch.

William erzählte mir von den Tabakplantagen, den Arbeiterinnen, der Verarbeitung der Blätter, die in den Morgenstunden geerntet wurden, Blatt für Blatt. In den Morgenstunden, weil die Blätter dann weniger Gehalt an Stärke hatten.

"Danach werden sie getrocknet. Für unsere Virginia-Tabake haben wir Heißluftschuppen. Da dauert das Trocknen nur vier bis acht Tage. Bei der Naturtrocknung wären es zwei bis drei Monate."

Es war ein kleines Kompendium der Zigarettenproduktion. Nach dem Trocknen kam das Fermentieren in Klimakammern. Dann im Vakuumverfahren das Befeuchten und Entrippen, bis schließlich der Tabakstrang in die Maschine transportiert wurde und Zigaretten ausspuckte.

"Was meinst du, wie viele in der Minute?" fragte mich William.

"Hundert?" schätzte ich.

Er lachte. "Nein, zwanzigtausend. Die einzelne Zigarette ist optisch gar nicht mehr wahrnehmbar. Unsere Maschine arbeitet mit Unterdruck, damit sich das Papier um den Tabakstrang legen kann. Alles passiert in einem rasend schnellen Karussellverbund, bei dem die Zigaretten von einer Station an die nächste übergeben werden. Du wirst das alles noch sehen. Ich bin gespannt, mit welchen Belichtungszeiten du arbeitest und welche Eindrücke dabei entstehen. Es ist kein leichter Job. Aber genau deswegen habe ich dich ja angerufen. Ich glaube nämlich, eine Digitalkamera kann sowas nicht. Du hast übrigens alle Bewegungsfreiheiten. Ich habe die Arbeiterinnen auf den Plantagen und die Leiter der einzelnen Stationen schon informiert. Insbesondere auch Alfredo. Er ist der Leiter der Betriebstechnik. Ich glaube, ihr werdet euch gut verstehen. Er wird dich gewiss auch zu sich nach Hause einladen, und dann musst du Karaoke singen. Das macht er mit allen seinen Gästen. Er ist übrigens Fan von `Gremio´. Das ist einer der beiden Fußballvereine von Porto Alegre. Rechne also auch mit einer Einladung in die Arena."

"Schön", meinte ich. "Fußball sehe ich gerne. Fast wäre ich auch Sportfotograf geworden."

6

Die Fahrt in dem wuchtigen silberfarbenen Mitsubishi Pajero – Texaner lieben große Autos - war wegen der Unterhaltung kurzweilig. Die Landschaft war es zunächst eher nicht. Auf einer Art Autobahn mit einigen Mautstellen ging es zuerst durch Industriegebiete, danach durch eine langgestreckte Ebene mit Pferde- und Rinderweiden. Schließlich, ein paar Kilometer vor Santa Cruz, kamen die Tabakplantagen. Eins der Felder trug auf einer Parzelle hochstehende Pflanzen mit rosafarbenen Blütendolden.

"Das habe ich extra so gelassen", sagte William. "Für die Aufnahmen. Ansonsten werden die Blüten geköpft, damit die ganze Kraft in die Blätter geht. Du glaubst gar nicht, was der Tabak für Aufmerksamkeit und Pflege braucht. Vom Setzling bis zur erntefähigen Pflanze. Richtige Bewässerung, Auflockerung des Bodens, sorgsame Düngung, Überprüfung des pH-Werts der Erde, und dann lieben nicht nur die Raucher diese Pflanze, sondern auch alle möglichen Schädlinge wie zum Beispiel die Raupe des Tabakschwärmers. Tabak ist übrigens ein Nachtschattengewächs, entfaltet nachts einen süßen Duft. Besonders die Pflanzen mit den weißen Blüten. Die sind in der Parfümindustrie sehr begehrt. Da gibt es zum Beispiel das Parfüm `Immortell´, unsterblich. Der Flacon mit 100 Millilitern kostet 250 Dollar. Du wirst es nachher bei der Begrüßung schnuppern können. Miriam, meine Frau, legt es gerne auf. Ich hatte es ihr letzten Monat zum Geburtstag geschenkt."

Nach etwa zweistündiger Fahrt hatten wir Williams Anwesen erreicht, ein riesiges, großflächiges. Auf mindestens vier Hektar schätzte ich es. Die Balance zwischen kultiviertem Garten und urwüchsigem Dschungel gefiel mir. Zwei Häuser gab es. Ein größeres Haupthaus, in dem Jones mit seiner Frau wohnte, und hundert Meter entfernt davon ein kleineres, das mir zugedacht war. Zwischen Straße und Grundstück lief eine circa zwei Meter hohe verwitterte Mauer. Nach hinten, wo es sanft hügelig anstieg, war das Gelände offen.

Jones öffnete per Funk das Zufahrtstor, das sich lautlos aufschob. Auf einem Weg zwischen Bananenstauden fuhren wir dem Haupthaus entgegen. Miriam stand auf der Terrasse, winkte zu einer ersten Begrüßung.

"Olala!", dachte ich. "Ein rassiges Weib. William ist ein Glückspilz."

Miriam war groß, schlank, nicht zu schlank. Sie trug ein langes, blaues Jeanskleid, das ihren perfekten Körper dezent betonte. Die kastanienbraun glänzenden Haare fielen in einer leichten Welle bis kurz vor die Schulter und umrahmten ein ausgesprochen hübsches, anmutiges Gesicht. Sie war jünger als Jones. Ich schätzte ihr Alter auf etwa vierzig. Eine reife, begehrenswerte Frau, die einen einsamen Mann um den Schlaf bringen konnte. Bei der Umarmung, wie es bei der Begrüßung in Brasilien üblich ist, schnupperte ich tatsächlich dieses verführerische Parfüm der weißen Tabakblüte. "Nachtschattengewächse", so dachte ich dabei, "sind giftig. Halte dich bloß mit erotischen Träumen zurück. Sonst gibt es viel Ärger. Texaner können gut schießen."

7

Nach einem Begrüßungstrunk, es gab Prosecco, führte mich William zu meiner Behausung, zu dem kleinen Steinhaus, das zwei Zimmer hatte, Bad und Einbauküche. Man betrat es über eine Terrasse, auf der ein gusseisener, runder Tisch mit zwei ebenso gusseisenern Stühlen stand. Sofort fiel mir nur etwa zehn Meter entfernt ein riesiger, knorriger Baum auf, der mir wegen seiner Blätter bekannt vorkam. Unten am Stamm wuchsen Bromelien. Rund herum lagen auf dem Boden braungrüne Kügelchen in der Größe von Stachelbeeren.

26

"Was ist das für ein Baum?" fragte ich. "Er kommt mir bekannt vor."

"Eine wilde Feige."

Ich erinnerte mich. Damals auf Sri Lanka. Die Aufnahmen für das Modemagazin vor den goldenen Buddhas. Irgendwann hatte ich auch den Tempel von Kandy besucht und den Mahamevnāwa Park in Anuradhapura. Da gab es den ältesten Baum der Welt. Eine heilige, wilde Feige. Im Jahr 228 vor Christus, wie die Chronik berichtet, war der Baum von einer Nonne gepflanzt worden, gezogen von einem Zweig-Ableger vom rechten Hauptast des historischen Sri Maha Bodhi, unter dem Buddha die Erleuchtung erlangt hatte. Der Baum stand etwas erhöht auf einer Terrasse, war von einer goldenen Abschrankung umgeben und rundherum von anderen wilden Feigen, die ihn vor Stürmen schützen sollten.

Ich hob eins der sich weich anfühlenden Kügelchen auf, fragte: "Kann man die essen?"

"Das weiß ich nicht", antwortete William. "Wir haben es noch nie probiert."

Ich schob mir die Beere in den Mund, zerkaute sie. Sie schmeckte nach Feige, war etwas weniger süß als die großen, kultivierten und hatte einen angenehmen nussigen Beigeschmack."

"Du bist leichtsinnig", meinte William. "Sie könnte giftig sein."

"Wäre sie bitter, würde ich sie ausspucken", sagte ich.

"Es gibt auch süße Gifte", entgegnete William. "Wie schmeckt es denn?"

"Wunderbar. Wirklich nach Feige. Mit einem Aroma von Haselnuss. Und die Schale ist ganz weich. Wie alt ist dieser Baum?"

"Oh, das wissen wir nicht. Er stand schon lange hier, als wir das Land mit dem damals etwas verfallenen Haupthaus gekauft haben. Aber Miriam kennt dazu eine interessante Geschichte. Sie kann sie dir nachher beim Kaffee erzählen. Jetzt kannst du dich erst einmal von den Reisestrapazen ausruhen. Der Kühlschrank ist übrigens gut gefüllt. Fühle dich hier bei uns wie zu Hause. Am Nachmittag kannst du gerne zum Kaffee rüberkommen. Die Plantagen und die Fabrik besuchen wir Morgen. Ach ja, und noch etwas. Links von deiner Hütte, hinter den Palmen, ist ein Teich mit Kois. Und in einem Winkel, versteckt hinter einer

Hecke, sind Gewächse, die dir wahrscheinlich wegen ihres fünffingrigen Blattes bekannt vorkommen. Das ist meine Cannabis-Ecke. Das rauchfertige Produkt nennen wir hier `Makonja´. Du kannst dir heute Abend gerne etwas in dein Pfeifchen stecken und, falls du es noch nicht kennst, ausprobieren. Ich habe es das erste Mal vor etwa zwanzig Jahren geraucht. Ein kundiger Arzt hatte es mir verordnet. Ich hatte früher ab und zu Reumaschübe. Das Cannabis hat sie vollständig beseitigt.”

8

Meine Hütte war behaglich eingerichtet. Im Wohnzimmer mit Sofa, Sesseln, Esstisch, Stühlen, einem Fernseher und einer CD-Anlage. Es gab sogar einen Kamin für die Winterzeit, die indes, wie William mir erzählte, nicht so kalt war wie in manchen Staaten der USA oder wie in Deutschland.

“Manchmal gibt es im Winter auch sonnige Tage mit 20 Grad”, sagte er. “Aber auch unangenehmere. Da klettert das Thermometer nicht über fünf.”

Auch eine Minibar war in einer Ecke. Mit Gin und einem einheimischen Whisky. `Natu Nobilis´, 38 Umdrehungen. Der Kühlschrank war gastfreundlich gefüllt mit chilenischem Weißwein und Heineken-Bier. Verdursten würde ich hier nicht.

Ich ließ meinen Rollkoffer zunächst unausgepackt, setzte mich erst einmal auf die Terrasse, stopfte mir eine Pfeife, betrachtete den Feigenbaum. An einem der unteren Äste hing eine sogenannte Tankstelle, ein Glaszylinder mit kleinen Öffnungen unten, die von Kunstblüten umgeben waren. Innen war der Zylinder mit Zuckerwasser gefüllt. Ab und zu kam ein Kolibri, blieb mit schwirrenden Flügeln vor einer der Öffnungen in der Luft stehen, steckte seinen langen, spitzen Schnabel hinein, und schoss danach wie ein Pfeil davon. Ich bewunderte diese grün und türkis schillernden Flugkünstler.

In einer nicht allzugroßen Distanz von dem Häuschen gab es auch einen Swimmingpool mit kristallklarem, blau schimmernden Wasser. Im Wasser selbst waren am Rand des nierenförmigen Beckens silberglänzende Hocker aufgestellt. Ich streifte meine Badehose über, nahm mir eine Dose Heineken aus dem Kühlschrank, stieg damit in das angenehm warme Wasser. Die Außentemperatur betrug ungefähr dreißig Grad. Ich setzte mich auf einen der Hocker. Der Wasserspiegel ging mir bis zur Brust. Ich knackte das Döschen, fühlte mich recht wohl bei der Vorstellung, wie das Wetter jetzt in meinem Eifeldorf war und dankte dem lieben Gott, dass ich diesen Auftrag in Santa Cruz bekommen hatte. Die Sonne schien, brannte mir auf Kopf und Schulter. Zwischen einigen Kiefern in der Nähe schwirrte krächzend ein Sittichschwarm hin und her. Auf den Grasflächen zwischen den Kiefern standen Tontöpfe mit leuchtend gelben, roten und weißen Frangipani. Vom Pool aus konnte ich auch die alte Mauer sehen, an der sich Hibiskussträucher mit ihren flammend roten Blüten hinzogen. William und seine Frau hatten sich ein kleines Paradies erschaffen.

Nach dem Bad, das ich allerdings mehr sitzend als schwimmend verbrachte, wanderte ich zum Haupthaus, um der Einladung zum Kaffee zu folgen. Neugierig war ich vor allem auch auf

Miriams Geschichte zu dem wilden Feigenbaum.

9

Am Nachmittag erzählte sie mir die Geschichte. Wir saßen bei einer Tasse Kaffee und einem Stück selbst gebackenem Kuchen auf der Terrasse des Haupthauses. Miriam erzählte in fließendem Englisch. William brauchte nicht als Dolmetscher einzugreifen.

"Ja", begann sie, "das ist die Story von Maria und Cristiano. Maria war eine junge, begnadete Sängerin mit einer wunderbaren Stimme. Cristiano war Lehrer an der Schule in Santa Cruz und ein ausgezeichneter Pianospieler. Die Beiden verliebten sich ineinander, durften aber öffentlich nicht zusammensein. Die Familien waren verfeindet. Es hatte vor ein paar Jahren einen Streit wegen eines Ackergrundstückes gegeben, das beide Farmer für sich als ihren Besitz beanspruchten. Maria und Cristiano trafen sich aber heimlich bei dem Feigenbaum. 1850 besuchte der damalige portugiesische Kaiser Pedro II. die Region Rio Grande do

Sul und auch Santa Cruz. Brasilien war seit 1822 unabhängig von Portugal, aber eine konstitutionelle Monarchie mit einem Portugiesen, der sich mit seinem Hofstaat in Brasilien niedergelassen hatte. Maria und Cristiano sind bei einem Fest vor ihm aufgetreten. Maria hat gesungen, Cristiano sie auf dem Klavier begleitet. Der Kaiser war begeistert von den Beiden, hat sich in einer Audienz ihren Kummer angehört und der Familie Frieden befohlen. Maria und Cristiano haben geheiratet, und Pedro II. hat ihnen dieses Grundstück hier geschenkt, das wir dann später gekauft haben. Zwischen dem Erstbesitz von Maria und Cristiano wird es noch einige andere Besitzer gegeben haben. Wertvoll ist das Land vor allem auch durch eine oberhalb auf einem Hügel entspringende Quelle, deren Wasser in den Teich fließt und dann weiter unter der Straße hindurch in die Wälder geführt wird. Einen Teil des Wassers haben wir auch zu einem Brunnen abgezweigt. Man kann dieses kalte, klare Wasser trinken. Es schmeckt ausgezeichnet. Wie alt die wilde Feige ist, weiß ich nicht. Aber es dürften mehrere hundert Jahre sein. Jedenfalls hat die Geschichte nach der Vermittlung des

Kaisers ein gutes Ende gefunden. Ich denke, die Beiden sind hier recht glücklich gewesen."

"Anders als Romeo und Julia", warf ich ein. "Da war es eine Tragödie, die mit dem Selbstmord der Beiden endet."

Ich konnte mich noch gut an das Stück von Shakespeare erinnern und vor allem an den Satz: "Der Hass macht hier viel zu tun, aber die Liebe noch mehr." In Santa Cruz war es gut ausgegangen. Im italienischen Verona dagegen tödlich.

Wir saßen bis zum späten Abend zusammen. Die Sonne war lange schon untergegangen, und die Lampions mit den Solarzellen leuchteten am Geländer der Terrasse. Irgendwann hatte Miriam mir zu Ehren ein typisch deutsches Gericht zubereitet, Rouladen mit Rotkohl und Kartoffelpüree. Danach wurden drei Flaschen chilenischer Rotwein geköpft. William zerschredderte ein Makonjablöckchen mit einem hölzernen Grinder, drehte sich eine Zigarette, bot auch mir von den dunkelgrünen Bröseln etwas an. Ich vermischte sie mit Tabak, stopfte mir eine Pfeife, zündete sie mit einem Streichholz an, inhalierte den Rauch, hustete zunächst einmal, weil es ziemlich

34

im Hals kratzte. Dann aber wurde mir leicht und lustig zumute, wozu auch der Rotwein beitrug. Ich erzählte von einigen meiner Fotoreisen, war aber noch klug und zurückhaltend genug, in Miriams Gegenwart die Erotika auszulassen. Es mochte zehn oder elf Uhr gewesen sein, als ich endlich zu meiner Hütte zurückkehrte. Bevor ich die Tür öffnete, versuchte ich den Stamm des Feigenbaums wie einen alten Freund zu umarmen. Aber der Umfang war zu groß. Um den knorrigen Stamm mit Armen zu umfassen, hätte es von der anderen Seite noch jemanden gebraucht. Ich war zu faul, mich auszuziehen, entledigte mich nur der Schuhe, legte mich auf das Bett im Schlafzimmer und schlief augenblicklich ein.

10

Gegen Sechs am Morgen, die Dämmerung hatte schon begonnen, schlug ich die Augen auf, lag noch im Halbschlaf und vermeinte einen wunderbaren Gesang zu hören. Eine Weile überlegte ich, ob das noch der Nachhall eines Traums war oder die Auswirkung des Makonjas. Dann aber realisierte ich, dass es Wirklichkeit war, und mit meinem begrenzten Portugiesisch konnte ich sogar den oft wiederkehrenden Refrain verstehen. "Amada Amante" – Geliebter Liebhaber. Ungläubig stand ich auf, immer noch zweifelnd, ob ich nicht das Opfer einer Sinnestäuschung wie bei einer Fata Morgana geworden war. Aber der Gesang setzte sich fort, kam aus der Richtung, wo der Feigenbaum war. Ich trat an das Fenster zur Terrasse, sah in die Dämmerung hinaus. Da stand, an den Stamm des Baumes gelehnt, eine Frau und sang zu den Zweigen hinaufschauend. Ich erkannte, dass es nicht Miriam war. Die Frau, die dort stand, hatte einen blauen Overall an. Soweit ich es in dem Zwielicht sehen konnte, war sie sehr anmutig und hübsch. Dunkles, wahrscheinlich kastanienbraunes Haar umrahmte in leichten Wellen ihr Gesicht. Das Alter war schwer zu schätzen. Vielleicht um die 35 Jahre. Verzaubert blieb ich am Fenster stehen und lauschte eine Weile dem Gesang. Dann wollte ich wissen, was sie sang, eilte zu meinem Koffer, holte den Translator heraus, schaltete ihn ein, eilte zurück zum Fenster, hielt die Vorderseite mit dem Mikro an die Scheibe. Die Frau bemerkte mich nicht, hatte den Kopf nach oben zu den Zweigen erhoben. Ich bekam gerade noch die letzten Zeilen mit.

"Neste mundo desamante só contigo amada amante eu faço um mundo melhor. Amada amante." - In dieser lieblosen Welt, geliebter Liebhaber, schaffe ich nur mit dir eine bessere Welt. Geliebter Liebhaber.

Die Frau senkte jetzt den Kopf, verharrte so eine kleine Weile. Dann setzte sie sich plötzlich wie aus einer Trance erwachend in Bewegung und ging mit raschen Schritten den Hügel hoch.

Mit der Aufnahme des Translators hatte ich den Beweis, dass das wirklich so geschehen war. Wenn ich es William und Miriam erzählte, mussten sie es mir glauben. Sonst hätte ich befürchtet, dass sie lächelten und dachten, dieser Jan Krüger hat zuviel getrunken und das Makonja ist ihm nicht bekommen. Er verwechselt jetzt Traum und Wirklichkeit.

Für acht Uhr war ich zum Frühstück bestellt. Danach sollte es mit William zu der Plantage mit den Tabakblüten gehen. Kaum war die erste Tasse Kaffee eingegossen, erzählte ich von dem Erlebnis.

"Ach so", meinte Miriam nicht im Geringsten verwundert, "wir haben vergessen, dir das zu sagen. Das am Feigenbaum ist Giovanna, eine der Arbeiterinnen auf der Tabakplantage. Sie kommt jeden Morgen in der Dämmerung dorthin und singt. Sie hält sich für eine Wiedergeburt Marias. Zweifellos hat sie eine sehr schöne Stimme. Sie wohnt in einer Hütte oben auf dem Hügel, wo die Quelle entspringt. Vorher hatte sie ein Appartement in Santa Cruz. Aber um dem Baum nahe zu sein, hat sie diese leerstehende Hütte bezogen. Ab und zu tritt sie als Sängerin auch in Santa Cruz auf. Sie ist ein wenig verrückt, aber harmlos. Fühlst du dich durch sie gestört?"

"Nein, nein", sagte ich. "Ganz im Gegenteil."

11

Ich wollte mein Interesse nicht allzu deutlich zeigen. Meine Aussage "ganz im Gegenteil" schien mir schon verräterisch genug. Deshalb lenkte ich von dem Thema ab und fragte William: "Was ist eigentlich der Mindestlohn in Brasilien. Pro Stunde?"

"6 Reais. Aber wir zahlen das Doppelte. Außerdem bekommen sie einen Mietzuschuss und werden kostenlos von einem Bus abgeholt und zu den Plantagen gebracht. Bis auf Giovanna. Die wohnt freiwillig in dieser Hütte oben und kommt immer zu Fuß. Sie hat es nicht weit bis zur nächstgelegenen Plantage. Ein Kilometer vielleicht. Mehr nicht."

Ich rechnete rasch um. 1 Euro entsprach ungefähr 5 Reais. 12 Reais waren etwa 2.20 Euro. Nicht gerade viel, aber William versicherte mir, die Lebenshaltungskosten seien hier in Santa Cruz viel geringer als etwa in Rio, Brasilia und Sâo Paulo.

"Und wie lange arbeiten die am Tag auf den Plantagen?" schloss ich eine weitere Frage an.

"Fünf Stunden. Von morgens um Sieben bis zum Mittag. Warum interessiert dich das?" William lächelte mich an, als hätte er mich bereits durchschaut.

"Ach, nur so. Zur allgemeinen Information", wich ich aus. Natürlich wollte ich Giovannas Lebensstandard abschätzen. Aber eine weitere Frage konnte ich mir nicht verkneifen.

„Sie lebt alleine in der Hütte?"

„Ich glaube, ja. Aber ich war noch nie dort."

Nach dem Frühstück fuhren wir zu der Plantage mit den Tabakblüten. Ich machte aus verschiedenen Perspektiven einige Aufnahmen. William sagte: "So, jetzt können die auch geköpft warden. Los geht's zu einer anderen Plantage, wo schon geerntet wird. Aufnahmen musst du da noch nicht machen. Ich miete für dich einen Wagen. Dann bist du frei von Zeiten und Absprachen. Du musst dir nur den Weg merken."

Auf den Plantagen, die wir besuchten, arbeiteten nur Frauen. Ich suchte nach dem blauen Overall. Aber den trugen sie alle. Philip Morris hatte den als Arbeitskleidung gestiftet. Und so wanderten sie ziemlich gleich aussehend durch die Pflanzen, rupften die unteren Blätter und legten sie in einen Korb, den sie wie bei einer Weinlese auf dem Rücken festgeschnallt hatten. Um die Gesichter hatten sie wegen der Sonne bis über die Nase ein Tuch gebunden, so dass man nur die Augen sehen konnte, was mich an die reizvollen Beduininnen erinnerte. Direkt nach Giovanna fragen wollte ich William nicht. Morgen früh würde sie ja wiederkommen und singen und dann auch die folgenden Tage. Irgendwann würde ich sie ansprechen oder vielleicht auch den Hügel hoch zu der Hütte gehen.

Den ganzen Tag über musste ich an sie denken, rief mir immer wieder das Bild vor Augen, wie sie da an den Stamm des Feigenbaums gelehnt stand, den Kopf zu den Zweigen erhoben. Und auch der Gesang ging mir nicht aus dem Sinn. Es war einfach zu merkwürdig, frühmorgens wach zu werden, ans Fenster zu gehen, und dann entdeckt man an einem Baum eine Frau, die ein Liebeslied singt.

12

Ich wusste nicht, was ich von der Geschichte mit der Wiedergeburt halten sollte. Dass da kein Körper sozusagen geklont wird, war mir klar. Eher, falls es stimmte, war es die Übertragung eines chiffrierten Geistes oder einer Seele in einen vorgeburtlich werdenden Leib. Wäre ich Tibeter, würde ich das sofort glauben. So hatte mich die Geschichte des Dalai Lama tief beeindruckt. Als sein Vorgänger gestorben war, zog nach einigen Jahren eine Abordnung von Mönchen durch das Land, um die Wiedergeburt zu suchen. Sie stießen auf ein äußerst kluges Kind und legten ihm zahlreiche Sachen vor, die der verstorbene Dalai Lama besessen hatte. Dazu kamen aber auch Dinge, die ihm nicht gehört hatten. Treffsicher griff der Knabe nur nach den Besitztümern des Vorgängers und sagte: "Das ist meins!"

Ich weiß nicht, ob der Dalai Lama diese Geschichte selbst erzählt hat oder ob sie über ihn erzählt worden ist und er hat dazu nur geschwiegen. Hat er sie selbst berichtet, würde ich ihm als einem klugen, besonnenen und weisem Mann glauben. So aber war meine Haltung indifferent. Es konnte sein oder auch nicht sein. Es war einfach ein Mysterium, an das man nicht herankam. Dem rationalistischen Zeitgeist entzog es sich. Für den galt nur das experimentell Überprüfbare.

Ich ließ die Idee fallen, den Translator an die Scheibe zu drücken, um das ganze Lied zu erfahren. Es kam mir vor wie ein unerlaubtes Eindringen in die Intimität Giovannas. Ebenso schien es mir zu gefährlich, plötzlich auf die Terrasse zu treten und sie anzusprechen. Vielleicht würde sie erschrecken und nie mehr wiederkommen, um unter dem Feigenbaum zu singen. Außerdem: Wie sollte das mit dem Ansprechen gehen? Mein Portugiesisch war noch zu beschränkt. Sie verstand gewiss kein Deutsch oder Englisch. Ich beschloss also, meine Sprachkenntnisse zunächst einmal zu erweitern. Das Lehrbuch und die Cd´s hatte ich mit eingepackt, und auch der Translator würde hilfreich sein, um kompliziertere und speziellere Wendungen zu lernen. Ich würde beginnen, so wie es meine Zeit und Arbeit zuließ, das brasilianische Portugiesisch zu lernen.

Am Abend saßen wir wieder auf der Terrasse des Haupthauses bei einem chilenischen Rotwein zusammen. Was die Geschichte mit dem Gesang unter dem Feigenbaum betraf, hatte Miriam über Giovanna gesagt: "Sie hält sich für eine Wiedergeburt Marias." Sie hatte nicht gesagt: "Sie ist eine Wiedergeburt Marias." Dieser Unterschied drückte auch einen gewissen Zweifel aus. Ich fragte Miriam, was sie von all dem halte.

"Ich weiß nicht, ob es stimmt", antwortete sie. „Woher auch soll ich das wissen. Aber möglich ist es schon. Viele

Dinge, die geschehen, können wir gar nicht erklären."

William machte eine wegwerfende Handbewegung, sagte: "Nonsense, imagination, female hysteria." – Unsinn, Einbildung, weibliche Hysterie.

Zu mir gewandt meinte er: "Die Geschichte scheint dich ja sehr zu interessieren. Aber was ist es denn? Interesse an dem Geschwätz von der Wiedergeburt oder Interesse an einer schönen Frau? Gib es doch ruhig zu. Sie gefällt dir und du möchtest sie kennenlernen. Ich stelle sie dir gerne vor oder dich ihr."

"Nein, nein", wehrte ich ab. "Dazu ist es noch zu früh. Erst muss ich die Sprache lernen. Sonst versandet alles in Stummheit."

13

Die nächsten Tage konzentrierte ich mich auf meine Arbeit. William hatte für mich in Santa Cruz einen Wagen gemietet. "Bitte etwas Kleines, bloß keinen SUV", hatte ich gesagt. "Und auch keine Automatik. Ich kann mein linkes Bein, das die Kupplung bedient, nicht vergessen. Und ich brauche die Hand an der Gangschaltung."

So lernte ich bald mit einem roten Fiat Panda die Wege zu den drei Plantagen kennen und auch die zu den anderen Stationen der Zigarettenfabrikation. Giovanna vermutete ich auf der Plantage, die dem Anwesen der Jones am nächsten lag. Aber es war unmöglich, sie zu erkennen. Die Frauen hatten die Gesichter mit einem Tuch bedeckt, trugen einen Strohhut und hatten alle den gleichen Overall an. Allerdings schien mir, dass eben genau auf der Plantage, die dem Anwesen am nächsten lag, eine der Frauen mich aufmerksam beobachtete. Vielleicht bildete ich mir das aber auch nur ein. Von der Größe her hätte es jedenfalls stimmen können. Ich hütete mich jedoch davor, sie zu bitten, das Tuch abzunehmen, um eine Aufnahme machen zu können. Es wäre ein Leichtes gewesen zu sagen: "Für die Broschüre brauche ich auch das Foto einer fröhlich lachenden Arbeiterin." Damit man sieht, wie angenehm die Arbeit ist, so dass erst gar kein Gerede wegen Ausbeutung aufkommen kann. Aus irgendeiner

Zurückhaltung heraus machte ich das nicht.

Frühmorgens in der Dämmerung wiederholte sich das Schauspiel am Feigenbaum. Ich ließ mich rechtzeitig von meinem Smartphone wecken, stand auf, stellte mich seitwärts so an das Fenster, dass sie mich nicht entdecken konnte und glauben musste, dass die kleine Hütte unbewohnt sei. Giovanna sang immer dasselbe Lied, so wie andere in der Kirche den Rosenkranz beten. Amada Amante. Ab und zu verstand ich, ohne den Translator zu benutzen, einzelne Worte oder auch ganze Wendungen. So wie zum Beispiel das in den Strophen öfter wiederkehrende "Esse amor demais antigo" – Diese sehr alte Liebe. Oder auch "Que manteve acesa a chama" – Das hielt die Flamme am Brennen.

An einem der Tage, es war ein Sonntag, erschien sie nicht in diesem Overall, sondern in einem langen türkisfarbenen Kleid und sah darin noch schöner aus. Ich war fasziniert, hingerissen von dieser Frau, von diesem so rätselhaften Wesen. Mit Miriam und William sprach ich nicht mehr darüber, tat so, als sei mir der morgendliche Gesang gleichgültig. Als

Miriam mich einmal fragte: "Stört es dich wirklich nicht?" schüttelte ich nur den Kopf und antwortete: "Nein, sie singt so leise, dass ich durchschlafe."

Alfredo, der technische Betriebsleiter, lud mich an einem Sonntag zu sich ein, so wie William es angekündigt hatte. Es gab Churrasco, das ist das von den argentinischen Gauchos übernommene Grillen. Dazu wurde brasilianisches Bier getrunken. Dieses Mal `Antarctica Cerveja Original´. Alfredo lebte mit Frau, fünf Kindern und drei Hunden in einem Haus am Rande von Santa Cruz. Es ging sehr lustig, temperamentvoll und herzlich zu. Und dann kam es tatsächlich nach dem Essen zum Karaoke-Singen. Ich bekam ein Mikro in die Hand gedrückt, durfte mir einen Song wünschen. Der Text lief vor mir auf einem Bildschirm. Aus zwei Lautsprechern kam die Musik. Ich hatte mir von Frank Sinatra `My Way´ ausgesucht. Am Anfang war ich noch etwas schüchtern, aber dann trällerte ich munter drauf los, folgte Text und Musik. Besonders gefiel mir die Strophe `Regrets, I`ve had a few, but then again to few to mention. I did what I had to do." Ich fand richtig Spaß am Singen und dachte: "Wie seltsam! Am Morgen hast du der Frau am Feigenbaum zugehört und jetzt singst du selbst."

14

Ich begann nicht nur Giovanna zu lieben, sondern das brasilianische Leben überhaupt, das mit seiner Mentalität so anders war als das deutsche. Das Temperament, die Freundlichkeit und das Warmherzige gefielen mir. So ging es auch William. An einem der Abende hatte er gesagt: "Zurück in die USA? Niemals."

Der Deutsche neigte zu einem sorgenvollen Leben. Der Brasilianer dagegen hatte es sich zum Motto gemacht: "Dançar forró até debaixo d´agua." Was so viel bedeutete wie "auch im Regen tanzen". Selbst im Regen finden wir den Rhythmus der Freude. "Obrigado" bedeutete die `Kraft der Dankbarkeit´ und "Ginga" war ein Begriff aus der Capoeira, einer afro-brasilianischen Kampfkunst, die Tanz und Akrobatik kombinierte. Und "Samba" war der Rhythmus des Herzens und der Lebensfreude und der Geist des Feierns.

Ich lernte rasch, weil ich es unbedingt so wollte, die Sprache, ging mit einem Walkman und der einliegenden Cd für das brasilianische Portugiesisch durch den wunderbaren Garten mit seinen exotischen Blumen und bunten Sträuchern, pflückte ab und zu Mangos oder Papayas, so dass in meiner Küche immer für frisches Obst gesorgt war. Ich hatte es auch übernommen, weil der Teich in meiner Nähe lag, die Kois zu füttern. Kaum war ich an den Rand getreten, schwammen sie im Rudel herbei, schnappten gierig mit ihren Mäulern nach dem Futter. Den Hügel hinan zu steigen und nach Giovannas Hütte zu suchen, das hatte ich allerdings noch nicht fertiggebracht. Ich wollte sie weiter singen hören und mich an ihrer wunderbaren Stimme erfreuen. Mein Aufenthalt war für drei Wochen vorgesehen, aber bald schon beschloss ich, auf eigene Kosten länger zu bleiben. Den Rückflug nach Deutschland konnte ich beliebig umbuchen. William und Giovanna, die sehr herzliche Gastgeber waren, hatten dem zugestimmt und mir für eine längere Zeit das Gartenhäuschen angeboten. Das Entwickeln der Fotos, das ich üblicherweise eigentlich selbst machte, war kein Problem. "Ich schicke die Filme in die USA" hatte William gesagt. „Da gibt es noch genug Studios, die analog arbeiten. Und für den Fall, dass du länger bleiben willst als drei Monate, man weiß ja nie" – er lächelte dabei vielsagend – "spreche ich in Santa Cruz mit dem Chef der Policia Federal. Ich kenne ihn persönlich. Er ist dankbar, dass wir hier investiert und Arbeitsplätze geschaffen haben. Ich mache dich pro Forma zu meinem Assistenten. Wirklich arbeiten must du natürlich nicht." Und dann fügte er mit einem schelmischen Lächeln hinzu: "Dann hast du auch mehr Zeit, Giovanna kennenzulernen."

Ich war verblüfft über diese Äußerung. Hatte er etwas gemerkt? Wie denn? Oder lief ich schon mit einem verklärten Gesicht herum wie ein verliebter Gockel? Wahrscheinlich hatte ihn Miriam auf diese Spur gebracht. Frauen merken so etwas eher und haben einen Instinkt dafür. Möglicherweise hatte sie mich auch beobachtet, wie ich, Giovannas Melodie summend, manchmal durch den Garten ging und ab und zu auch eine Passage, die ich verstanden hatte, richtig sang. "Esse demais amor antigo!"

50

15

Zwei Wochen waren vergangen. Ich hatte meinen Auftrag erledigt, aber immer noch nicht den Mut oder einen Weg gefunden, Giovanna anzusprechen. Auf den Plantagen hatte ich den Frauen gegenüber ein schlechtes Gewissen. Sie bekamen für fünf Stunden schwerer Arbeit nur 10 Euro, ich dagegen für eine Stunde Vergnügen mehr als das Zehnfache. So fuhr ich an meinem letzten Arbeitstag nach Santa Cruz, besorgte mehrere Kühlboxen und Eis dazu, kaufte im Supermarkt, im `Zafari´, Getränke. Cola, Maracuja-Saft und Mineralwasser, um mich bei den Mädels für die angenehme Zusammenarbeit zu bedanken. Natürlich hatte ich auch den Hintergedanken, dass sie beim Trinken ihre Gesichtstücher abnehmen würden. Auf jeder der drei Plantagen waren zehn Frauen im Ernteeinsatz. Ich hatte also einiges zu tun. Sie freuten sich darüber, legten eine Pause ein und versammelten sich bei den Hütten, die als Regenschutz dienten. So gut es ging, versuchte ich mein Portugiesisch zu erproben, hatte mir vorher ein paar passende Sätze in den Translator gesprochen und sie gelernt. Zum Beispiel: "Foi muito bom com você na plantação. Obrigado pelas fotos que pude tirar." – Es war sehr schön bei euch auf der Plantage. Danke für die Fotos, die ich machen durfte.

Aber wie enttäuscht war ich, dass die Frauen ihre Gesichtstücher nicht abnahmen, sondern sie am unteren Zipfel nur leicht anhoben und dann tranken. Einmal sagte ich: "Eu gosto do Brasil. É por isso que ainda não vou voltar para Alemanha." – Brasilien gefällt mir. Deshalb fliege ich noch nicht zurück nach Deutschland. Da glaubte ich bei einer der Frauen von der ersten Plantage ein Lächeln in den Augen wahrgenommen zu haben. Von der Größe und der Figur her konnte es Giovanna sein. Auch von dem kastanienbraunen Haar her, das unter dem Strohhut hervorguckte. Aber es war zu ungewiss. Und was hätte ich sagen können? "Danke für den schönen Gesang, den ich mir hinter dem Fenster angehört habe!" Unsinn! Das ging nicht. Oder sollte ich etwa alle dreißig Frauen zu einer Abschiedsparty einladen, zu der sie ohne diese Gesichtstücher kommen würden? Dann wurde bestimmt auch getanzt.

Samba oder was weiß ich. Und ich könnte Giovanna ganz unverfänglich im Arm halten und ins Gespräch kommen. Aber nein, das war auch Blödsinn. Ich schüttelte den Kopf über mich selbst. Ich stellte mich an wie ein verliebter, unbeholfener Pennäler, der mit rotem Kopf die erste Tanzstunde besucht. Aber ich wagte einen anderen Versuch, fragte eine der Frauen, wo in Santa Cruz ich eine Bar besuchen könnte, in der auch getanzt und gesungen wird.

"Ah, a `Gaveta´ é a melhor." – Da ist am besten das `Gaveta´.

Ich sah sie erwartungsvoll an. Vielleicht würde sie noch hinterherschicken: "Um de nós também canta." – Da singt auch eine von uns.

Aber dieser Zusatz kam nicht.

Am Abend war ich unentschlossen, ob ich nach Santa Cruz ins `Gaveta´ fahren sollte, ließ es aber, nachdem ich William gefragt hatte, ob er die Bar kennen würde.

"Habe ich nur von gehört. Ist eine Disco vor allem für junge Leute. Du würdest da ziemlich auffallen." Er machte eine kleine Pause, lächelte und sagte: "Aber ich kann gerne für dich nachfragen, wo Giovanna singt."

16

Am Abend unterhielt ich mich mit William auch über Politik oder besser gesagt über die allgemeine menschliche Dummheit. Das Gespräch ergab sich durch meine Bemerkung: "Ihr lebt hier in einem Paradies."

"Aber in einem bedrohten", anwortete William und fragte: "Kennst du den Carrington-Effekt von 1859?"

"Nein, was ist das?"

"Das war der größte bislang beobachtete Solarsturm. Großflächig fiel die Elektrizität aus. Es war der mächtigste geomagnetische Sturm, der auf der Erde je beobachtet wurde. Polarlichter gab es sogar in Rom, Havanna und auf Hawai. In den Telegrafenleitungen wurden so hohe Spannungen induziert, dass in den Empfängern die Papierstreifen in Brand gerieten."

"Was hat das mit einem bedrohten Paradies zu tun?" fragte ich.

"Man kann heute den Carrington-Effekt um ein Vielfaches stärker nachahmen. Irgendein Idiot, und davon haben wir leider viele, muss nur in der richtigen Höhe eine Atombombe zünden. Alle elektrischen Anlagen werden zerstört. Du kannst noch nicht mal ein Auto starten. Die Lieferketten zu den Supermärkten sind unterbrochen. In den ersten Tagen sterben 30 Prozent der Menschen. Im Laufe eines Jahres sind es 90 Prozent. Der Nordkoreaner könnte auf die Idee kommen, der Russe vielleicht. Den Amerikanern traue ich es weniger zu. Aber wir mischen uns zu sehr überall auf der Welt ein. Dieses verdammte `Make America great again!`. Die Menschen haben aus der Geschichte nichts gelernt. Da bist du auch hier in dem brasilianischen Paradies nicht mehr sicher. Auch wenn das von den gefährlichen Brennpunkten der Erde weit weg scheint."

"Ja", meinte ich. "Und dann kommt noch der Kummer mit dem Klima dazu."

"Quatsch!" sagte William. "Das Klima hat sich immer im Laufe der Erdgeschichte verändert. Die Umlaufbahn der Erde um die Sonne verändert sich. Ebenso die Lage der Erdachse. Aber um Profite zu machen erzählen sie uns das Märchen vom Kohlendioxid. Auch bei dem ganzen Theater um den Regenwald wird mir schlecht. Ihr Deutschen sauft sogar Bier dafür, damit die Brauerei eine Spende nach Brasilien schicken kann. Ich bin einmal über den Amazonas geflogen. Riesige Waldflächen. Selten eine Rodung. Und was den Carrington-Effekt betrifft, sind wir durch die Digitalisierung noch verwundbarer geworden. Gott sei Dank, dass unsere Frauen noch analog sind. Entschuldigung, du hast ja keine. Wie kommt das eigentlich? Bist doch noch jung genug. Ich habe das doch beobachtet. Wenn du auf der Plantage fotografierst, schauen dir die Ladies interessiert zu. Du musst in dem Gartenhäuschen kein Mönchsleben führen. Da ist auch Platz für Zwei. Immer noch an dieser Giovanna interessiert? Singt sie denn morgens noch?"

Ich wurde etwas verlegen, antwortete nur: "Ja, sie singt noch."

"Junge, Junge", William klopfte mir auf die Schulter, "wenn ein Texaner sich in eine Braut verliebt hat, fackelt er nicht lange, schwingt sich aufs Pferd und holt sie sich. Bei Miriam wusste ich sofort, das ist die Richtige. Das hat alles keine drei Stunden gedauert. Geh doch einfach zu der Hütte hoch und lade Giovanna zum Essen ein."

„Ich habe Bedenken, dass sie dann nicht mehr singt, wenn sie weiß, dass ich bei der wilden Feige wohne."

William schüttelte den Kopf und sagte in seiner direkten, texanischen Art: „Was für ein Unsinn! Lass sie nicht unter dem Baum singen, sondern in deinem Bett."

17

Am folgenden Tag, einem Mittwoch, den ich mein Lebtag nicht vergessen werde, war ich drauf und dran die Geduld zu verlieren, den Hügel hinaufzusteigen und die Hütte zu suchen. Das wollte ich am Nachmittag machen, wenn die Frauen von den Plantagen zurückgekehrt wären. Es war ein schwüler, besonders heißer Tag. Das Thermometer kletterte der 40 Grad-Marke zu. Ich saß draußen auf meiner Terrasse unter einem Sonnenschirm, lernte Portugiesisch. Da kam William gegen Mittag und sagte:

"Fahre heute lieber nirgendwo hin. Der Wetterdienst hat einen Zyklon der tropischen Extraklasse angekündigt. In deinem Häuschen bist du sicher. Das ist stabil genug. Auch die Fensterscheiben. Sechs Millimeter."

"Kommt das hier öfter vor, dass ein Zyklon rüberzieht?" fragte ich.

"Nein. Es ist eher selten. Der letzte Zyklon war 2004. Er hieß `Catarina´, weil er die am Atlantik liegende Provinz Santa Catarina bedrohte. Von da ist er landeinwärts weitergezogen und hat auch Santa Cruz getroffen. Damals sind die Scheiben zerplatzt und es hat ein paar Palmen durch die Luft gewirbelt."

"Zyklon, was ist das eigentlich?"

"Ein rotierendes Sturmsystem mit Spitzengeschwindigkeiten bis zu 200 kmh und verdammt viel Regen. Da kommen Wasserwände runter. Gut, dass auf den Plantagen die Ernte jetzt eingefahren ist."

"Habe ich noch nie erlebt" meinte ich. "Auch noch keinen Taifun oder Tornado. Ist ja mal was Neues."

"Nimm es nicht zu leicht. Das ist eine irre Naturgewalt."

"Wird schon gutgehen", entgegnete ich, seine Sorge beschwichtigend.

Er legte mir ein Päckchen Kerzen auf den Tisch und eine Taschenlampe, sagte: "Falls der Strom ausfällt. Für ein romantisches Leben in der Dunkelheit. Die

58

Kabel laufen hier wie zumeist in Brasilien oberirdisch. Da muss nur ein Baum drauffallen, dann ist Feierabend und du sitzt im Dunkeln. Catarina hat das damals geschafft, Bäume entwurzelt und sogar so hochgewirbelt, dass sie in der Krone eines anderen landeten. Wir waren eine Woche ohne Strom."

Er machte eine Pause, sah mich an, als ob er eine erschrockene Reaktion erwarte, aber ich nahm das nach wie vor auf die leichte Schulter und meinte nur: "Wird schon gutgehen."

"Ich fahre gleich nach Santa Cruz, besorge ein paar Vorräte", sagte er daraufhin. Brauchst du noch was?"

Ich ging in meine Hütte, öffnete den Kühlschrank, kam zurück zur Terrasse.

"Bring mir bitte noch einen Karton Eisenbahn-Bier mit und zwei Flaschen von dem chilenischen Weißwein. Und falls wirklich der Strom ausfällt, zwei Beutel mit Eis für die Kühlbox, damit in dem Desaster wenigstens das Bier kalt ist."

Ich ging abermals zurück in das Häuschen, brachte ihm eine der Kühlboxen, die ich erst vor kurzem gekauft hatte.

"Ach ja" ergänzte ich noch. "Und bitte ein Päckchen Pfeifentabak. `Capt´n Black´. Dann übersteh ich den Zyklon ganz gemütlich."

18

Gegen Drei war William zurück. Der Himmel war noch blau und klar. Aber es herrschte eine drückende Schwüle und irgendwie lag eine ungesunde Elektrizität in der Luft. Die Sittiche, die zwischen den Kiefern hin und herflogen, krakeelten heute besonders. Die Kolibris, die sonst fast jede Minute die Tankstelle ansteuerten, ließen sich nicht sehen. Es war drohend windstill. So blieb es ein paar Stunden, bis mit Beginn der Dämmerung am westlichen Horizont Wolken heranzogen, zunächst graue, dann dunklere. Die ersten Blitze durchzuckten in der Ferne den Himmel. Jetzt kam auch Wind auf. Es wurde kühler. Die Wolken rückten als schwarze Wand näher. Die Blitze nahmen an Zahl zu, ein noch fernes Grollen folgte. Dann war die schwarze Front da. Die ersten dicken Regentropfen klatschten auf den Tisch. Ich verzog mich in mein Häuschen, beobachtete das Wetter geschützt durch die Fensterscheibe. Dann, in ein paar Minuten nur, veränderte sich die Welt. Der Himmel war schwarz und flackerte von Blitzen wie eine anspringende Neonröhre. Einzelne Blitze schossen zur Erde herunter, ein lauter Knall folgte. Jetzt stürzten Wassermassen herab wie von einem Wasserfall, und der Wind nahm zu, heulte und drückte gegen Tür und Fenster. Ich goss mir einen Whisky ein, stopfte eine Pfeife, sah wieder aus dem Fenster in die entfesselte Natur und traute meinen Augen nicht. Da stand Giovanna an den Stamm des Feigenbaums gelehnt, als wolle sie ihn vor dem Umfallen schützen. Ich stürzte hinaus, packte sie am Arm und rief: "Você está louco!? Um raio atinge você aqui!" – Bist du wahnsinnig!? Hier trifft dich der Blitz.

Sie war so überrascht, dass sie sich widerstandslos in die Hütte ziehen ließ. Sie war nass, als wäre sie gerade in den Pool gesprungen. Die Haare fielen in Strähnen um das Gesicht. Sie sah mich mit großen dunkelbraunen Augen an, als sei ich eine Erscheinung. Ich eilte ins Bad, warf ihr ein Handtuch zu. Dann ging ich ins Schlafzimmer, öffnete den Kleiderschrank, suchte ein marokkanisches Hemd heraus und eine türkische Pluderhose, ging zurück ins Wohnzimmer. Giovanna stand am Fenster und sah auf den Feigenbaum. Ich reichte ihr die Sachen, zeigte auf das Schlafzimmer, sagte: "Você pode mudar lá." – Da kannst du dich umziehen. Sie gehorchte folgsam wie ein Kind und verschwand mit dem Handtuch und den Anziehsachen im Schlafzimmer. Nach etwa fünf Minuten kam sie zurück, hatte Hemd und Pluderhose an, die Haare trockengerubbelt und mit den Fingern halbwegs in Form gelegt. Sie zeigte auf ihre Haare und fragte: "Você tem um pente?" - Du hast einen Kamm?

Ich schüttelte den Kopf, legte den Zeigefinger auf meinen kahlen Schädel. Sie lächelte, kam dann zu mir ans Fenster, sah zu dem Feigenbaum hin, sagte "Obrigada!" – Danke! Und legte ganz überraschend den Arm um meine Schulter. So standen wir eine Weile da, blickten auf den Baum, dessen Äste im Sturm tanzten. Im fahlen Licht der Blitze sahen wir, wie die kleinen, wilden Feigen wie ein Regen zu Boden fielen und dort bald einen dichten Teppich bildeten.

19

Die Verständigung klappte recht gut. Für manche Sätze und spezielle Ausdrücke nahm ich den Translator zu Hilfe. Wir mischten Portugiesisch und Englisch, was Giovanna recht gut konnte. Sie trat am Wochenende immer in Santa Cruz im `Velasco´, einer brasilianischen Bar, auf, wie sie mir erzählte. Manche ihrer Songs hatten englische Lyrics. "Ich muss ja verstehen, was ich singe", erklärte sie. "Und du?" fragte sie. "Wo hast du Portugiesisch gelernt?"

Ich lächelte, sah ihr in die Augen, sagte: "Das Meiste hier. Deinetwegen, nachdem ich dich das erste Mal gesehen habe."

"Oh, dann hast du mich also morgens hier singen gehört?"

"Ja. Ich bin extra früh aufgestanden."

"Du weißt, warum ich an dem Feigenbaum singe?"

"Ja, Miriam, Williams Frau, hat mir die Geschichte erzählt."

"Und auf der Plantage hast du mich gesucht?"

"Ja, aber das ging wegen der Tücher nicht. Du hast gemerkt, dass ich gesucht habe?"

"Ja. Es war auffällig. Ich habe gesehen, wie du immer die Frauen so suchend beobachtet hast."

"Ihr hättet wenigstens bei meiner Abschiedsparty die Tücher abnehmen können."

"Aber jetzt ist es schöner, dass wir uns so kennenlernen."

"Ja. Aber musste da erst ein Zyklon kommen?!"

Die große Scheibe an der Terrassenseite vibrierte. Man konnte spüren, sehen, wie der Zyklon mit seinen Wirbeln dagegen drückte.

"Lass uns lieber vom Fenster weggehen", sagte ich. "Sonst fliegt uns noch das Glas entgegen."

In diesem Moment ging mit einem Schlag das Licht aus. Es war dunkel. Nur das Flackern der Blitze ließ im Zimmer die Konturen erkennen. Die Taschenlampe und die Kerzen hatte ich vorsorglich auf den Couchtisch gelegt.

"Komm!" sagte ich, nahm ihre Hand und führte Giovanna zu der Sitzecke. Dort zündete ich eine Kerze an, ließ Wachs auf eine Untertasse tropfen, stellte die Kerze auf.

"Geh bei dem Wetter bloß nicht zu deiner Hütte zurück. Du kannst diese Nacht hier auf dem Sofa schlafen."

Sie lächelte, legte leicht den Kopf in den Nacken. "Warum auf dem Sofa? Hast du kein Bett?"

Ihre Lippen waren weich und sinnlich.

20

Irgendwann in der Nacht fragte ich Giovanna nach ihrer Familie. Vater, Mutter, Geschwister? Sie schüttelte den Kopf. "Nein, nicht mehr. An meinen Vater erinnere ich mich kaum. Er ist verschwunden, als ich drei Jahre alt war. Er hatte eine Maismühle in Candelaria geerbt. Das ist 40 Kilometer westlich von Santa Cruz. Er hat nie gearbeitet, nur Geld ausgegeben. Die Mutter hat die Mühle betrieben. Der Vater war ein Gaucho. Er hat sich morgens aufs Pferd gesetzt, stolz gekleidet, mit Anzug und schwarzem Hut. Er ist zu Freunden geritten, hat dort gespielt und hat alles verspielt. Die Mühle, das Haus. Dann hat er sich wohl geschämt zurückzukommen. Vielleicht hat er sich auch gefürchtet. Meine Mutter hatte eine

Pistole in der Schublade. Wir mussten das Haus aufgeben, sind nach Santa Cruz gezogen. Sie hat dort einen Job als Telefonistin gefunden. Ich bin in Santa Cruz zur Schule gegangen und habe dann, als ich sechzehn war, auf der Post gearbeitet. Die Arbeit war langweilig. Nein, Geschwister habe ich nicht. Die Mutter ist vor drei Jahren gestorben. Meine Freundinnen sind meine Familie. Und du.""

"Wie hast du von dem Feigenbaum erfahren?"

"Die Geschichte kennt jeder in Santa Cruz."

"Und du hast eine besondere Verbindung zu dem Baum?"

"Ja, ich habe ihn immer wieder im Traum gesehen. Und auch die Umgebung, obwohl ich nie da war. Und dann habe ich im Traum auch dieses Lied gehört. Amada Amante. Ich habe den Baum gesucht und auch rasch gefunden. Das alles war vor zwei Jahren. Seitdem wohne ich in der Hütte oben, und bevor ich auf die Plantage gehe, singe ich an dem Baum."

"Du hast wirklich eine wunderbare Stimme."

"Es ist die von Maria."

Ich sagte nichts dazu. Was auch hätte ich sagen sollen, sagen können? Es in Zweifel ziehen? Nein. Sie glaubte daran. Glaubte? Es war ihre Gewissheit.

Giovanna fuhr fort zu erzählen. "Und vor zwei Jahren erschien in der Zeitung auch die Geschichte von Maria und Cristiano. Im `Riovale Jornal´ von Santa Cruz. Da war auch ein altes Foto dabei von Maria. Und die Leute haben dann gesagt: `Du hast nicht nur ihre Stimme, du siehst ja genauso aus´."

Das Original wird eine Daguerreotypie gewesen sein, dachte ich. Dieses Verfahren, Belichtung von Kupferplatten, die mit lichtempfindlichem Silberbromid beschichtet waren, hatte 1839 die Welt erobert.

"Du hast die Zeitung noch?" fragte ich.

"Ja, ich verwahre sie oben in der Hütte."

21

Gegen Zwei in der Nacht hatte sich der Zyklon ausgetobt. Es war draußen beängstigend still.

"Du willst wirklich länger hierbleiben?" fragte Giovanna.

"Ja, jetzt auf jeden Fall!"

Im Sonnenlicht eines strahlend blauen Tages traten wir aus der Hütte auf die Terrasse. In aller Unschuld lag die Natur da, als wäre nichts gewesen. Nur die Blüten, Blätter, Zweige, Palmwedel und Kieferzapfen auf der Erde waren Zeugen der vergangenen Nacht. Der Garten der Jones war glimpflich davongekommen. Der Feigenbaum hatte den Zyklon überstanden, aber sämtliche Beeren geopfert, die in einem dichten Teppich rings um den Stamm lagen. Die Gartenmöbel am Pool hatte es ins Wasser gewirbelt. Vom Grund des Beckens blickten sie uns entgegen.

Ich ging zurück in die Küche, um Kaffee zu machen. Gekocht wurde Gott sei Dank mit Gas. Der Strom war immer noch weg, und das würde noch eine Zeit lang dauern.

Wir saßen auf der Terrasse, als William kam. "Oh, also doch noch!" sagte er lächelnd, als er uns sah. "Und? Alles in Ordnung?" Er warf einen prüfenden Blick auf das Gartenhäuschen.

"Am Haus ist nichts passiert", beruhigte ich ihn. Er lächelte über die

Doppeldeutigkeit, bemerkte: "Dann will ich euch Zwei mal in Ruhe lassen. Ihr habt euch gewiss viel zu erzählen." Er drehte uns den Rücken zu, ging wieder. Ich konnte mir gut vorstellen, dass er auf dem Weg zu dem Haupthaus weiter lächelte.

Nach dem Kaffee stiegen Giovanna und ich den Hügel hoch zu ihrer Hütte, die oben ungeschützt auf einem Stück Wiese stand. Der Zyklon hatte sie zerlegt, das Wellblechdach weggehoben, zu einem angrenzenden Waldstück getragen. Die Wände waren eingedrückt, das spartanische Inventar, zwei Stühle, ein Tisch, eine Matratze war auf die Wiese gewirbelt worden. Eine Decke und ein paar Kleidungsstücke lagen dort zerstreut. Auf einem vom Regen aufgeweichten Teppich versammelten sich Tassen, Teller, Töpfe. Was einmal eine Art Küche gewesen war, war völlig zerstört. Eine schwere Gasflasche, an der ein einflammiger Kocher hing, stand noch aufrecht. Ebenso eine Kommode aus Palisanderholz.

Ich staunte, wie einfach und bescheiden Giovanna gelebt hatte. "Womit hast du Licht gemacht?" fragte ich. Sie zeigte auf eine Autobatterie auf dem Hüttenboden.

"Und Wasser?"

"Ein paar Meter weiter ist eine Quelle. Ab und zu war ich auch bei einer Freundin in Santa Cruz."

"Du kannst bei mir wohnen", sagte ich. "Ich spreche mit William. Er wird einverstanden sein."

"Das würdest du machen?"

"Ja, verdammt gerne. Macht dir eigentlich der Altersunterschied nichts aus?"

"Wie alt bist du denn?" fragte sie.

"58."

"Ich bin ja auch schon 36. Das Alter ist doch völlig egal."

22

"Nimm nur das Wichtigste mit, was du brauchst", sagte ich. "Lass die nassen Kleider liegen. Wir fahren nachher nach Santa Cruz und kaufen neue."

"Du sollst kein Geld für mich ausgeben", wandte sie ein.

"Das mache ich aber gerne. Ich habe mit meinem Auftrag hier genug verdient."

Sie ging zu der Kommode, zog eine Schublade auf, holte eine Mappe heraus.

"Das sind meine Dokumente", sagte sie. "CPF-Nummer, Reisepass, Geburtsurkunde, Bankkarte. Und auch der Zeitungsartikel mit dem Foto."

"Du hast einen Reisepass?" fragte ich überrascht.

"Ja. Einmal war ein Argentinier im `Velasco´, wollte mich für seine Bar in Buenos Aires. Er hatte mir das Dreifache für einen Auftritt versprochen. Da habe ich einen Reisepass beantragt und bekommen, bin nach Buenos Aires geflogen. Aber in der Bar konnte man gar nicht singen. Das war etwas ganz anderes. Und als er mir meinen Pass abnehmen und für mich verwahren wollte, bin ich geflohen. Zuerst mit der Fähre nach Uruguay, nach Montevideo, und dann mit dem Bus zurück nach Porto Alegre und weiter nach Santa Cruz."

Giovanna wollte das Chaos auf dem nassen Teppich durchwühlen. Aber ich sagte: "Lass es! Was du brauchst, kaufen wir neu. Es ist auch zu gefährlich. Die Wände könnten ganz einstürzen. Da müssen Scherben liegen. Der Zyklon hat auch das Fenster eingedrückt. Du hast Glück gehabt, dass du draußen warst, dich an den Baum gestellt hast. Wann hast du denn deinen nächsten Auftritt?"

"Am Sonntag."

"Du hast heute noch nicht an dem Feigenbaum gesungen."

Sie lächelte. "Muss ich auch nicht mehr. Ich habe dich ja wiedergefunden."

Ich hob die Augenbrauen, legte die Stirn in Falten, schwieg aber, dachte an eine hebräische Legende, nach der ein Engel einem bei der Geburt die Erinnerung wegküsst. Sollte sie es doch ruhig glauben. Es schadete nicht.

Wir wanderten wieder den Hügel hinunter. Giovanna hatte nur die Mappe mit den Dokumenten unter den Arm geklemmt. Als wir wieder im Gartenhaus angelangt waren, wollte ich das Foto sehen. Giovanna schlug die Mappe auf, holte das Journal heraus, zeigte mir das Bild. `A cantora Maria Santos, daguerreótipo de 1842´ stand darunter. Es stimmte. Die Ähnlichkeit war verblüffend.

Wir fuhren nach Santa Cruz, besuchten eine Boutique und danach den Supermarkt. Es erfüllte mich mit Freude und auch Stolz, eine schöne Frau neu einkleiden zu dürfen. Die Kosten waren mir völlig egal. Das waren Peanuts. In der

Umkleide der Boutique hatte sie ein beiges, langes Kleid angezogen, trug dazu weiße Sandaletten. Alles andere nahmen wir in Tüten mit, gingen voll bepackt zum Wagen, der auf einem der Estaciamentos, den bewachten Parkplätzen, stand. Im Supermarkt, im `Zafari´, packte ich zu den Toilettenartikeln auch zwei Flaschen Prosecco und einen Beutel mit Eiswürfeln für die Kühlbox. Strom hatten wir noch nicht. Giovanna bestand darauf, selbst für die Lebensmittel zu sorgen. "Ich koche gerne für dich", sagte sie.

23

Nach unserer Rückkehr ging ich sofort zu William, berichtete ihm von der zerstörten Hütte und von meinen Plänen.

"Wohnt in dem Gartenhaus, solange ihr wollt", erlaubte er. Miriam hatte zugehört, gelächelt und gemeint: "Das sieht ja aus wie die alte Geschichte von Maria und Cristiano."

Ich hatte nur mit der Schulter gezuckt, gesagt: "Ist doch völlig egal, ob das so ist oder nicht. Jetzt sind wir in der Gegenwart."

"Du entführst mir eine meiner besten Arbeiterinnen", beklagte sich William scherzhaft. „Gott sei Dank ist die Ernte gelaufen."

"Wem gehört das Land da oben auf dem Hügel?" fragte ich.

"Die Company hat es gepachtet. Damals standen da noch mehr Hütten für die Arbeiterinnen. Warum fragst du?"

"Ich würde dort gerne mit Giovanna ein Haus bauen. Zunächst werde ich mit ihr nach Deutschland fliegen und meinen Hof verkaufen. Den brauche ich nicht mehr. Hier gefällt es mir besser."

William lächelte wieder. "Kann ich gut verstehen."

"Ach ja", meinte ich, "und noch etwas. Der Feigenbaum hat in der Nacht alle Beeren verloren. Darf ich sie einsammeln?"

"Ja, natürlich. Was willst du denn damit?"

"Das, was ich in Deutschland schon mit Äpfeln und Birnen gemacht habe. Ich werde die Feigen zur Gärung bringen und dann kommt die Destillation. Ich kenne mich damit aus. Das Destillat wird in kleine Flaschen gefüllt. Die bekommen ein Etikett. `Wilde Feige´. Diese Marke gibt es noch nicht."

"Du willst ein Geschäft daraus machen, eine Produktion starten?"

"Nein. Das ist nur für besondere Gelegenheiten."

"Ach! Und für welche?"

"Eine Hochzeit zum Beispiel."

"Du bist verrückt", meinte William. "Ihr kennt euch doch gerade erst eine Nacht."

"Vielleicht aber auch schon länger", sagte Miriam.

24

"Alles okay!" berichtete ich Giovanna. "William ist einverstanden. Wir können erst einmal hier wohnen."

Ich holte eine Flasche Prosecco aus der Kühlbox, zwei Gläser dazu. Wir setzten uns an den Tisch auf der Terrasse. Ich ließ den Korken knallen, goss ein.

"Saúde, à nossa nova vida!" – Prost, auf unser neues Leben!

Ich erzählte von meinem Plan, fragte: "Bist du damit einverstanden?"

"Ja! Was für eine Frage!"

"Den Heiratsantrag würde ich dir ja gerne etwas romantischer machen."

"Das hier ist romantisch genug."

Als wir die Flasche geleert hatten, sammelten wir die wilden Feigen in einen Bottich von 20 Litern, den mir William gegeben hatte. Ich zerkleinerte die Beeren mitsamt der weichen Schale, gab Quellwasser aus dem Brunnen hinzu und ein paar Tage später eine spezielle Portweinhefe, die ich mir im Internet bestellt hatte. Die normale Hefe schafft es nur bis 12 Prozent. Dann vergiftet sich der Hefepilz selbst und stellt die Produktion ein. Mit der Portweinhefe konnte ich auf zwanzig Prozent Alkohol kommen. In den Deckel des Bottichs bohrte ich ein Loch, steckte ein mit Wasser gefülltes Stück Schlauch hindurch, so dass es wie ein sperrendes Gärröhrchen war. Luft konnte nicht in den Bottich kommen, aber das bei der Gärung entstehende Kohlendioxid entweichen.

Kurz danach rief Alfredo an. "Komm doch bitte heute Abend zum Grillen und zum Karaoke."

"Darf ich jemanden mitbringen?"

"Ja, natürlich. Wen denn?"

"Ich habe eine Frau gefunden."

"Oh, schön. Glückwunsch! Kann sie auch singen?"

"Und wie!"

Es war wieder mal ein sehr lustiger und herzlicher brasilianischer Abend. Für die Karaoke-Vorstellung hatte ich mir ein Duett ausgesucht. `Summer-Wine´ von Nancy Sinatra und Lee Hazlewood.

"Strawberries, cherries and an angel's kiss in spring, my summer wine is really made from all these things."

"Wow!" sagte Alfredo. "Die kann ja wirklich singen! Von welchem Himmel ist dir die denn gefallen?"

25

Giovanna war neugierig auf Deutschland, wollte sogar die Sprache lernen. Ich sagte: "Lass es! Wir bleiben nicht lange. Ich erweitere lieber mein Portugiesisch." Ich dachte auch an die Kompliziertheit der deutschen Sprache. Die verschiedenen Artikel und ihre Deklination! Die Frau, aber die Lippen der Frau. Das Kind, aber der Teddybär des Kindes. Ausländer, die Deutsch lernen wollten, mussten verzweifeln bei solchen Variationen. So etwas musste man mit der Geburt und dem ersten Sprechalter mitbekommen. Ich wollte wirklich nicht lange bleiben, Hof und Wagen verkaufen. Ein irregeleiteter Romantiker, der es ländlich schön fand, würde sich wohl finden lassen. Ich würde auch, wenn es sich so ergab, unter Wert verkaufen. Die Zeit bis zu meinem Rentenalter war locker zu überstehen. Und an das Rentenalter dachte ich gar nicht. Giovanna mit ihrem Temperament und ihrer Fürsorglichkeit war ein Jungbrunnen. Alice Schwarzer würde sich die Haare raufen, dass eine Frau ihren Mann so verwöhnte. Aber sie tat es gerne, und ich ließ es mir gerne gefallen.

Anfang März flogen wir nach Amsterdam. Ich wollte nicht getrennt von Giovanna im Flieger sitzen, hatte sie auch auf die erste Klasse gebucht. Sie musste mich für sehr reich halten. Aber natürlich bin ich kein Bill Gates. Ich hatte nur mein Auskommen. Ich kümmerte mich zunächst um die Dokumente, die für eine Heirat in Brasilien erforderlich waren, wickelte danach den Verkauf von Hof und Wagen ab. Die persönlichen Sachen, die ich mit nach Brasilien nehmen wollte, packte ich in einen Container, ließ ihn nach Antwerpen bringen, von wo er die Schiffsreise nach Porto Alegre antrat.

Selbstverständlich war meine Destillationsapparatur dabei und auch die Einrichtung der Dunkelkammer. Ich wollte analog bleiben.

In den drei Monaten in Deutschland machten wir Ausflüge. Giovanna gefiel besonders eine Schiffstour den Mittelrhein entlang von Bonn nach Bingen. Wir besuchten Freunde in Köln und Bochum. Ich reparierte endlich, um den Verkaufswert zu steigern, das Scheunendach. Giovanna fand vor allem Spaß daran, Zeichnungen von unserem künftigen Haus zu machen. Sie erwies sich als sehr geschickt und kunstfertig darin. Vor allem gefiel mir der Entwurf für die Terrasse, vor der man gegen Regen geschützt unter einem Vorbau des Hauses sitzen konnte. Durch weit ausladende Rundbögen, die mich an das Portal romanischer Kirchen erinnerten, sah man auf die Terrasse und die dahinter liegenden Hügel und Wälder.

„Am Rand der Terrasse", schlug sie vor, „werden wir eine wilde Feige pflanzen und zusehen, wie sie wächst. Wir werden einen Ableger vom Baum des Gartenhauses nehmen."

„Mach die Terrasse ruhig noch etwas größer", schlug ich vor. Da kommt noch ein großer Pool hin. So wie bei Miriam und William. Wenn die Temperatur mal wieder gegen 40 Grad steigt, freuen wir uns darüber. Und Platz für mindestens fünf Tische sollten wir auch haben. Und natürlich für einen gemauerten Kamin, damit wir wie die Gauchos grillen können. Jeden Sonntag Churrasco. Alle deine Freundinnen werden kommen."

„Ja, ja", meinte sie. „Das gefällt dir. Dann kannst du sie alle wieder drücken. Ich habe das doch gesehen."

„Eifersüchtig?"

„Nein. Solange es nur bei der Begrüßung bleibt."

Vor dem Rückflug nach Brasilien besuchte ich noch einmal die Dorfkirche, zündete am Marienaltar wieder eine Kerze an und sagte etwas salopp: „Danke Mary, dass ich doch noch, wenn auch spät, im Hafen der Ehe landen darf. Das Warten hat sich gelohnt."

Anfang Juli kehrten wir mit dem portugiesischen Flieger von TAP über Lissabon nach Porto Alegre zurück, wo uns William und Miriam abholten und nach Santa Cruz brachten. Die Beiden waren großzügig genug, uns das Gartenhaus weiter zur Verfügung zu stellen.

„Ist das nicht zu klein für euch?" fragte William mit einem Grinsen.

„Mit Giovanna kann die Hütte nicht eng genug sein", antwortete ich.

Unser Bauprojekt oben auf dem Hügel begann. Ich ließ alles von Giovanna arrangieren. Sie entpuppte sich als geschickte Managerin, während ich mich vor allem um die Destillation der wilden Feigen kümmerte, um bei der anstehenden Hochzeit etwas Exklusives anbieten zu können. `Wilde Feige´ mit 42 Umdrehungen. So viele Prozente hatte die zweite Fraktion beim Destillieren.

Eine der ersten Anschaffungen war auch eine Karaoke-Anlage. Giovannas Freundinnen kamen, ein neugieriger Alfredo mit Frau und fünf Kindern, und auch William und Miriam hatten Spaß, mit dem Mikro in der Hand Elvis zu imitieren. "Can´t help falling in love". Die Zeit verging wie im Flug. Dann war er da, der Hochzeitstag. Zunächst mit den urkundlichen Formalitäten, dann mit einer richtigen Feier rund um das Gartenhaus. Wir hatten alle Arbeiterinnen der

Tabakplantagen eingeladen, natürlich auch Alfredo und Familie. Selbstverständlich waren Miriam und William mit dabei. Als William die `Wilde Feige´ probierte, sagte er: "Wow! Junge, geh in die Produktion. Das Aroma ist köstlich."

"Nein" sagte ich. "Das bleibt ein Hobby. Außerdem haben wir nur diesen einen Baum. Bis wir andere gepflanzt haben und sie Früchte tragen, dauert es zu lange. Die wilde Feige bleibt exklusiv."

Durch das tägliche Sprechen hatte sich mein Portugiesisch weiter entwickelt. Als Giovannas Freundinnen bei uns waren, sie kamen oft und ich liebte es, sie bei der Begrüßung herzlich zu umarmen, wurde ich auch in die Geheimsprache der Frauen eingeweiht, in dieses `aprendendo com as mulheres´ - verstehen, was Frauen meinen. Fragte zum Beispiel die eine die andere: „E quanto ao Roberto?" – Wie ist es mit Roberto? – so kam als Antwort in Kurzfassung: „Cama, mesa, banho e roupa lavada!" Bett, Tisch, Bad, Wäsche. Was so viel bedeutete wie: Der Typ ist im Bett gut, kann auch kochen, riecht gut und ist ordentlich angezogen.

Giovanna trat weiter im `Velasco´ auf. Jetzt zweimal pro Woche. Ich überlegte mir, von der Werbe- zur Porträtfotografie zu wechseln und mir in Santa Cruz ein Studio einzurichten. Noch mehr aber reizte es mich, mit Giovanna den Amazonas und den Rio Negro mit dem Schiff zu bereisen und Porträts der Indianer und ihrer Lebensweise zu fertigen.

Und dann gab es noch drei andere Ereignisse, bei denen ich die `Wilde Feige´ anbieten konnte. Zuerst der Erhalt meines Aufenthaltstitels für Brasilien, dann die Einweihung des Hauses oben auf dem Hügel und kurz danach die Geburt eines Zwillingspärchens, das wir Maria und Cristiano nannten. Nach all diesen Ereignissen wunderte ich mich über nichts mehr.

*

Website: www.ruediger-schneider.net
Email: mail@ruediger-schneider.net